AU VOLEUR, MARIE-P !

Catalogage avant publication de Bibliothèque et Archives nationales du Québec et Bibliothèque et Archives Canada

Latulippe, Martine, 1971-

Au voleur, Marie-P !

(Les aventures de Marie-P; 3)
Pour enfants de 7 ans et plus.

ISBN 978-2-89591-085-5

I. Boulanger, Fabrice. II. Titre. III. Collection: Latulippe, Martine, 1971- .
Aventures de Marie-P; 3.

PS8573.A781A92 2009   jC843'.54   C2009-940342-0
PS9573.A781A92 2009

Révision et correction: Annie Pronovost

Tous droits réservés
Dépôts légaux: 3ᵉ trimestre 2009
Bibliothèque nationale du Québec
Bibliothèque nationale du Canada
ISBN: 978-2-89591-085-5

© 2008 Les éditions FouLire inc.
4339, rue des Bécassines
Québec (Québec) G1G 1V5
CANADA
Téléphone: 418 628-4029
Sans frais depuis l'Amérique du Nord: 1 877 628-4029
Télécopie: 418 628-4801
info@foulire.com

Les éditions FouLire reconnaissent l'aide financière du gouvernement du Canada par l'entremise du Programme d'aide au développement de l'industrie de l'édition (PADIÉ) pour leurs activités d'édition. Elles remercient la Société de développement des entreprises culturelles du Québec (SODEC) pour son aide à l'édition et à la promotion.

Gouvernement du Québec – Programme de crédit d'impôt pour l'édition de livres – gestion SODEC.

100%

AU VOLEUR, MARIE-P !

MARTINE LATULIPPE

Illustrations : Fabrice Boulanger

*À Louise Charland
et aux élèves des écoles Rossland et Nelson
(Colombie-Britannique),
pour leur accueil formidable.*

MARIE-P TE PROPOSE UNE MISSION!

Développe tes qualités d'observation pour devenir détective, comme Marie-P! Cinq lettres mystérieuses se sont glissées dans certaines illustrations du roman marquées par une loupe 🔍. Cherche ces lettres, qui n'ont pas leur place dans le décor! Une fois que tu les auras toutes trouvées, remets-les en ordre pour former un mot. Ce mot te donnera un indice pour aider Marie-P à résoudre le mystère de cette enquête.

Note les lettres et vérifie ta réponse en participant au jeu « Mon enquête! », sur www.mariepdetective.ca.

Avant de Commencer Ma Nouvelle Aventure

Je me nomme Marie-Paillette... mais tout le monde m'appelle Marie-P, heureusement ! Je déteste ce prénom étrange que mes parents m'ont donné à cause de mes yeux brillants. En fait, il n'y a que mon père et ma mère qui m'appellent Marie-Paillette. Ou alors mon grand frère, Victor-Étienne, quand il veut me faire fâcher... c'est-à-dire très, très, très souvent ! Mon petit frère, Charles-B (Charles-Brillant de son vrai nom), ne veut jamais me mettre en colère, lui... Il est trop mignon !

Il y a quelque temps, j'ai découvert, dans le grenier de notre maison, un chapeau et une loupe qui ont appartenu à mon grand-père. Tu te rends compte ? Le père de mon père voulait ouvrir une agence de détective ! Depuis, j'ai décidé de suivre ses traces. Moi, Marie-P, je serai détective privée !

Pour voir clair dans mes enquêtes, je note toutes mes aventures dans un carnet que j'ai reçu. Sur sa couverture, c'était écrit « Nota Bene ». Mais je préfère l'appeler simplement NB. C'est plus chaleureux, pas vrai ? Je suis prête pour ma prochaine mission. Toi aussi ?

Alors bienvenue dans le monde de Marie-P et dans les pages de son carnet NB !

1
UN CHANGEMENT

Cher NB,

Mon frère a changé. Et je ne parle pas de Charles-Brillant, même si lui aussi change à vue d'œil. Il gazouille maintenant des ma-ma-ma-ma toute la journée. Ma mère croit qu'il essaie de dire « maman », mais je suis certaine qu'il veut dire « Marie-P »! Il a aussi commencé à ramper. On le retrouve un peu partout dans la maison. Coincé derrière le sofa du salon, emprisonné entre les chaises, sous la table de la cuisine. En plus, il a désormais deux belles petites dents, qui lui font un sourire craquant !

Charles-B

Mais bon, je m'éloigne de mon sujet.

Le frère dont je te parlais, NB, ce n'est pas Charles-B. Non. Je pensais plutôt à Victor-Étienne, mon grand frère. Oui, celui qui passe son temps à manger et à regarder la télévision, sans dire un mot à personne. Celui qui ne m'a jamais adressé une parole gentille. Mais ça, c'était *avant*. Tout a changé, NB. Enfin, presque tout.

Maintenant, Victor-Étienne regarde moins la télévision. Il passe des heures assis sur le divan, perdu dans ses pensées. Je n'aurais jamais cru que mon frère avait assez de pensées pour s'y perdre !... Il mange même un peu moins qu'avant, je crois. Quelque chose le dérange. Et on ne saura jamais quoi, puisque mon frère ne parle pas. Voilà ce qui n'a pas changé, NB. Mais le plus inquiétant, je trouve, c'est que j'ai surpris mon frère dans le salon, hier, en train de SOURIRE. Il ne savait pas que je le regardais, il se croyait seul. Tu te rends compte, NB ? Ce n'était pas un sourire charmant comme celui à deux dents de Charles-B, mais il fait son possible, le pauvre Victor-Étienne. Il n'est pas habitué.

Victor-Étienne

J'ai voulu en savoir plus, tu t'en doutes. Je veux être détective privée, je dois donc mener des enquêtes. Sans vouloir me vanter, je suis en train de devenir une spécialiste ! Je suis même arrivée à résoudre un mystère toute seule à mon école, en retrouvant la montre volée de Cédric. Tu sais, Cédric ? Celui qui est vraiment mignon, avec ses grands yeux brillants, ses joues toujours un peu rouges, son sourire coquin avec plein de dents...

Cédric

Mais bon, je m'éloigne de mon sujet.

Je parlais de Victor-Étienne. Je ne le reconnais plus et j'ai décidé d'enquêter pour découvrir ce qui se passe.

Et hier, j'ai compris ce qui a changé.

C'est triste à dire.

Affreux, même.

Terriblement gênant, en plus.

Mais puisque je te confie tout, NB, je dois te l'avouer : mon frère est un voleur. Un vrai de vrai. Un voleur qui n'a même pas de remords et qui sourit. Victor-Étienne est un voleur heureux.

Si mon grand frère se met à sourire, c'est comme si les grenouilles se mettaient à miauler. Ou les chiens à crier « Cocorico » ! Enfin, tu vois ce que je veux dire, NB...

2
UNE ESPIONNE

Tu as bien lu, NB : mon frère est un voleur. J'ai découvert cette terrible nouvelle hier... Attends, je te raconte comment ça s'est passé.

Victor-Étienne est dans le bain. Il sifflote... Oui, mon frère sifflote ! Incroyable, non ?

J'ai bien envie d'en profiter pour aller fouiller dans sa chambre. J'y trouverai peut-être des indices pour expliquer son comportement étrange. Je sais, c'est mal d'aller fouiner dans les choses des autres en cachette. Mais un détective doit bien le faire pour réussir ses enquêtes, pas vrai, NB ?

Comme chaque fois que j'ai un doute quand je tente de résoudre un mystère, je mets mon chapeau de détective et je regarde la photo de mon grand-père. Ça ne manque pas : des étincelles se mettent à tourbillonner autour de ma tête, mon esprit s'agite comme un hamster qui voudrait battre le record du monde en faisant tourner sa roue, des frissons courent dans mon dos. J'ai compris, grand-papa. C'est un signe : je dois y aller ! Au boulot, Marie-P !

Je sors de ma chambre. Je longe le corridor en silence. Quand je passe devant la salle de bains, j'entends l'eau clapoter. Ouf ! Victor-Étienne est encore en train de se laver. Je file en vitesse vers sa chambre, le cœur battant. J'ai un peu peur de me faire prendre en flagrant délit d'espionnage. Pour l'instant, personne en vue. Mes parents discutent dans la cuisine et Charles-B babille près d'eux.

J'y suis. J'entre dans la pièce, le souffle court. Je dois faire vite. Je parcours des yeux la commode de mon frère. J'y vois des piles de BD... Des emballages de barres chocolatées chiffonnés... Des vêtements en boule qui ne sentent pas très bon...

Bref, tout est comme d'habitude. Je fais lentement le tour de la chambre. Soudain, des pas retentissent dans le couloir. Oh non ! Quelqu'un approche ! Sans réfléchir, je me glisse sous le lit pour me cacher. Ce n'est pas

beau à voir, NB. Je dois ramper entre des mouchoirs, des chaussettes sales, des canettes vides... Mon frère cultive un dépotoir sous son matelas !

Je réussis à me faufiler tout au fond, contre le mur. Appuyée sur un coude, je lève un peu la tête pour espionner Victor-Étienne. Mes yeux sont juste à la hauteur du matelas. La douillette en boule me dissimule bien. Mon frère entre dans sa chambre. Tout à coup... hmmff ! Je sursaute ! Je viens de recevoir sur la tête la serviette mouillée que Victor-Étienne a jetée sur son lit. Me voilà encore mieux camouflée !

Victor-Étienne s'est habillé...
et il s'en vient droit vers moi! Il
pousse encore plus le lit contre le
mur! AÏE!!! Je suis toute coincée.
J'ai du mal à respirer. Je sens mes
joues devenir brûlantes. Mon frère
m'aurait-il vue? Ouf! il s'éloigne,
va vers sa commode, ouvre le
premier tiroir. Pendant ce
temps, je tente de me faire
la plus petite possible.
Je suis aplatie contre
le mur, une serviette
mouillée dégoulinant
sur mes cheveux frisés.
Quelle folle idée, aussi, d'espionner
mon frère!

Mais bon, puisque j'y suis, autant
continuer ma mission. Je regarde discrètement. Victor-Étienne a sorti un petit
objet de son tiroir. D'où je suis, j'ai du
mal à voir ce que c'est. Mon frère revient
vers l'espace qu'il a dégagé et là... LÀ...
tiens-toi bien, NB: il se met à danser!

Il n'y a pas de musique pour danser, me diras-tu, NB. Eh bien, c'est là que tu te trompes, cher carnet. Car voici l'objet que mon

Victor-Étienne qui danse... c'est comme si la Lune brillait toute la journée et que le Soleil se levait après le souper.

frère tient toujours entre ses mains :

Tu vois ce que c'est, NB ? Un iPod ! Mon frère écoute de la musique sur un iPod ! Rien d'extraordinaire à ça, crois-tu... Pourtant, je sais très bien que mon frère *n'a pas* de iPod ! Lui et mes parents se disputent sans arrêt à ce sujet. Encore hier, ils ont eu cette discussion au déjeuner :

– Papa, je veux un iPod !

– Demande à ta mère.

– Maman, je veux un iPod !

– Demande à ton père.

– Papa, maman, je veux un iPod !

– Non, mon chou, on préfère que tu n'en aies pas, dit gentiment ma mère. Tu as déjà tendance à t'isoler, à ne pas parler beauc...

– Mais je veux un iPod !

Maman tente de rester patiente :

– Comme je t'expliquais, Vict...

– POURQUOI JE NE PEUX PAS AVOIR DE IPOD ?!!!

Mon père, qui n'en peut plus de l'attitude de mon frère et qui n'a pas la patience de ma mère, hurle à son tour :

– PARCE QUE C'EST COMME ÇA, BON !

Tu comprends maintenant pourquoi je suis certaine que Victor-Étienne ne possède pas de iPod, NB ?

Alors pourquoi en a-t-il un en ce moment sur les oreilles?

Et pourquoi l'écoute-t-il dans sa chambre, en cachette?

Et pourquoi ai-je mal partout?

Ah oui, c'est parce que je suis toujours coincée contre le mur!

Victor-Étienne range enfin son iPod dans un tiroir et sort de sa chambre. Ouf! J'ai dû rester cachée là une éternité. Au moins quatre longues minutes. Tu te rends compte? Deux cent quarante secondes! Je me hisse sur le lit. Je vais vers la porte, jette un œil dans le corridor: vide! Je file à toute allure vers ma chambre, encore sous le choc de cette révélation. C'est pour cette raison que mon frère passait des heures à rêvasser: il inventait un plan pour voler un iPod!

Et c'est pour ça qu'il sourit tout seul ces temps-ci : parce que son plan a marché !

Tu comprends ? Victor-Étienne est un voleur ! Tu imagines combien mes parents vont être malheureux quand on viendra l'arrêter ? Et quel exemple il donne à notre petit frère, l'adorable Charles-B !

Une détective et un voleur qui habitent sous le même toit... Vive la famille Paré, NB !

Je suis complètement sonnée. Atterrée. Catastrophée.

Il faut faire quelque chose avant que mon grand frère ne se retrouve derrière les barreaux.

3

UNE FILATURE

Tout ça est arrivé hier, NB. Pourtant, je suis encore sous le choc. Je lève la tête vers la photo de mon grand-père et je dis d'un ton dramatique :

– Tu te rends compte, grand-papa ? Ton petit-fils est un voleur !

Il ne se passe rien. Rien de rien. Pas d'étoiles ni d'étincelles. Mes pensées ne se mettent pas à tourbillonner. On dirait que le hamster s'est endormi dans sa roue. On dirait... que mon grand-père ne me croit pas. Je l'avoue, ce n'est pas facile d'admettre qu'il y a des criminels dans sa famille...

Maman me crie que le dîner est prêt. Encore troublée par le peu d'enthousiasme de grand-papa, je file à la cuisine. Je me mets à table et salue mon petit frère :

– Oh oh ! C'est à qui, le beau bébé ? Bou-bou-bonjour le beau bébé ! C'est le joli Charles-B à Marie-P ? Guili-guiliguili !

Puis, je salue mon grand frère.

– Salut.

Il grogne quelque chose. Maman demande :

– Que faites-vous cet après-midi, les enfants ? Tu peux inviter une amie pour jouer ici, Marie-Paillette.

Je ne réponds pas tout de suite. En bonne détective que je suis, j'ai remarqué que Victor-Étienne a baissé les yeux quand maman a posé sa question. Je pense même qu'il a rougi. En tout cas, une chose est sûre : il semble nerveux. Je me tourne vers lui.

– Toi, tu fais quoi, Victor-Étienne ?

Il grommelle quelques syllabes que personne ne comprend. J'insiste :

– Tu sors ?

Il pousse un soupir exaspéré, fait oui de la tête et ne dit plus un mot du repas. Je n'inviterai pas d'amie, non. J'ai ma petite idée…

Le dîner terminé, je vais dans ma chambre. Je laisse la porte entrouverte. J'espionne mon grand frère. Après quelques minutes, je le vois se faufiler dans le corridor, puis sortir de la maison. Je compte jusqu'à trois et je m'élance vers la porte à mon tour en criant :

> Je n'aime pas mentir, NB, mais un détective qui ne ment jamais peut-il mener de bonnes enquêtes ? Ça m'étonnerait !

– Maman, je vais rejoindre Laurie au parc au bout de la rue !

Maman est en train de coucher Charles-B pour sa sieste. Avant qu'elle ait pu me répondre, me voilà dehors. Je regarde à gauche. Rien, à part une pancarte à quelques pas de moi.

Je regarde devant. Rien, à part un chat couché sur le rebord d'une fenêtre, qui somnole d'un air totalement indifférent.

Je regarde à droite... bingo ! Je vois mon frère qui s'éloigne. Je me lance à ses trousses. C'est connu, tout bon détective doit pouvoir faire une filature. Je suis donc Victor-Étienne en prenant soin de ne pas me faire remarquer.

Victor-Étienne avance de son pas traînant, ce qui me donne tout le temps voulu pour le suivre. Je me glisse derrière les arbres, me tapis derrière les poubelles, me colle aux flancs des voitures. Il ne m'a pas aperçue.

Soudain, il tourne dans la rue la plus chic du quartier. De hautes résidences se dressent de chaque côté. De véritables châteaux ! Surprise, je vois mon frère s'arrêter devant la plus luxueuse de toutes. Elle est immense, flanquée

d'un garage double, toute blanche, avec un large escalier qui mène à une porte principale six fois grande comme moi ! Une affiche orne la porte du garage :

Victor-Étienne jette un œil autour de lui. J'ai tout juste le temps de me précipiter à plat ventre derrière le bac de recyclage d'un voisin. Ouf ! il était moins une ! Mon frère ne monte pas les marches. Non. Il s'en va sur le côté de la gigantesque demeure et utilise une porte secondaire sans hésiter. Comme s'il était un habitué des lieux. Il entre dans cette bâtisse somptueuse comme s'il avait fait ça toute sa vie.

Mon frère n'est pas un petit voleur, NB : c'est un vrai professionnel ! AU SECOURS !

ATTENTION CHIEN MÉCHANT !

Je n'en reviens pas! Que peut-il bien aller faire là?

J'attends un bon moment. Pffft... c'est long! Je fais les cent pas, les mains croisées derrière le dos, réfléchissant à la situation. Rien ne bouge dans la maison où est entré Victor-Étienne. Fatiguée, je m'assois un peu sur le trottoir. Toujours rien à signaler. Le temps n'en finit plus de passer, il me semble! Je m'étire, je soupire. Je tapote le trottoir, je joue distraitement avec de petits cailloux. Soudain, je sursaute: une langue râpeuse a léché mes doigts! J'entends un souffle juste derrière moi, tout près. Je repense à l'affiche «Chien méchant» sur la porte du garage. Ça y est! Je vais me faire dévorer par la bête! J'ai envie de hurler! Adieu, la vie!

Je ferme les paupières, crispée, et…
il ne se passe absolument rien. Juste un
nouveau coup de langue timide sur ma
main. J'ouvre les yeux et j'aperçois le
plus mignon petit caniche frisé du monde !

> Pour le chien méchant, on repassera ! Même Charles-B n'aurait pas peur de celui-ci !

Je m'amuse tant avec le chien que
Victor-Étienne est déjà rendu sur
le trottoir quand je l'aperçois enfin !
Allons, Marie-P, reprends ton sérieux.
Au boulot ! Je me réfugie vite derrière le
bac de recyclage de tout à l'heure. Mon
frère tient quelque chose dans sa main.
Je voudrais bien savoir ce que c'est…
Ça y est. Il vient de cambrioler la plus
riche maison de la rue. Oh ! il n'a pas
volé grand-chose. Juste l'objet le plus
précieux, j'imagine. Une liasse de billets
de banque ou quelque chose du genre.
Victor-Étienne sourit. Il est content.

Une pensée se fraie un chemin dans mon esprit agité. J'attends que mon frère ait quitté la rue de son pas traînant, pour qu'il ne se rende pas compte que je l'ai suivi. Dès qu'il a tourné le coin, je m'élance derrière lui, comme si je passais là par hasard, et je crie :

– Youhou ! Victor-Étienne !

Surpris, il s'immobilise. Je cours à sa rencontre. Je lui lance, avec mon plus beau sourire :

– Tu vas bien ?

Il fronce les sourcils, ne répond pas. Il me regarde comme si j'étais un extraterrestre. J'insiste d'un ton gentil :

– Qu'est-ce que tu fais de bon ?

Victor-Étienne semble vraiment se demander ce que je lui veux. Il me regarde maintenant comme si j'étais un extraterrestre à trois têtes, sept bras et dix jambes. Mine de rien, j'en viens à ce qui m'intéresse :

– Qu'est-ce que tu tiens dans ta main, frérot ?

Toujours pas de réponse. Aucune réaction, si ce n'est que mon frère me regarde à présent comme si j'étais un extraterrestre affamé mangeur d'humains. Il recule d'un pas. Je tends la main.

– Montre.

Il bougonne :

– Pas question.

Je bondis d'un mouvement vif et je le force à ouvrir sa main. Ce qu'il tenait tombe sur le sol. Mon frère grogne :

– T'es folle ou quoi?

Sans l'écouter, sans m'excuser, je me penche et je ramasse l'objet tombé. Mon plan a marché! Voici l'objet, NB:

Toujours aussi sympathique, mon frérot!

Un joli sac de velours. Avec un bijou dedans. Un collier précieux, j'en suis sûre. Je demande:

– Qu'est-ce que c'est?

– Rien, rien, bredouille mon frère, qui m'arrache le sac des mains comme si sa vie en dépendait.

Rien, mon œil! Me prend-il pour une débutante? Je vois clair dans son petit jeu, moi! Après avoir volé un iPod, Victor-Étienne s'est emparé d'un bijou de grande valeur. Je suis au désespoir, NB.

4
UNE PREUVE DE PLUS

A près m'avoir repris le sac, mon frère s'éloigne à grandes enjambées, l'air pressé. Je lui dis :

– Je continue à me promener encore un peu. À tantôt, Victor-Étienne !

Il se retourne d'un air ahuri et grommelle :

– Qu'est-ce que tu veux que ça me fasse ?

Et il s'en va. Je suis fière de moi, NB. Je n'ai pas l'habitude de dire à mon frère ce que je compte faire de mes journées. Mais si Victor-Étienne est convaincu que je me balade, il ne peut pas se douter que je le suis. Ça s'appelle de la désinformation, NB. Un bien grand mot, hein ? Attends, je te recopie la définition :

DÉSINFORMATION. Utilisation des techniques de l'information (…) pour induire en erreur, cacher ou travestir les faits. **Petit Robert**

Je reprends ma filature, de loin, discrètement. Mon frère traverse la rue, je traverse la rue. Il longe l'avenue principale du quartier. Je la longe également. Il s'arrête devant une vitrine. Je m'arrête devant une vitrine. Il se retourne brusquement. Je me… Aïe ! Il va me voir ! Je jette un œil affolé autour de moi et me précipite vers la première boutique venue. Un fleuriste. Sur le trottoir s'étalent plusieurs bouquets multicolores. Je me cache derrière un gros seau rempli de tournesols bien hauts. Je regarde entre les pétales jaunes : Victor-Étienne est toujours tourné dans ma direction. Oh non ! Il

ne faut pas qu'il découvre ma présence !
Sans hésiter, je plonge la tête au milieu
des tournesols. Mes cheveux frisés
atterrissent dans l'eau. Mais au moins,
mon frère ne devrait pas me voir.

Tout à coup, je sursaute. Une main
vient de me tapoter l'épaule. Ça y est, je
suis démasquée ! Je me redresse. J'essaie
d'avoir l'air digne et sérieuse. Mais ce
n'est pas facile, avec mes cheveux qui
dégoulinent sur mes épaules. Je me

retourne, m'attendant à voir mon frère. Mais non. Je croise plutôt le regard d'une inconnue, une dame avec un joli sourire qui me dit :

– Tu aimes les fleurs, à ce que je vois ?

Mal à l'aise, je réponds :

– Euh... oui. Oui-oui-oui. Je les adore.

Et pour que mon mensonge ait l'air encore plus vrai, je replonge la tête entre les tournesols. La dame déclare d'un ton légèrement inquiet:

– Elles sont jolies, c'est vrai. Tiens, prends-en une...

Elle m'offre un tournesol jaune éclatant. Elle semble me trouver vraiment étrange. Je la comprends. Je crois qu'elle souhaite surtout que je m'éloigne de son commerce au plus vite. Je la remercie et, toute dégoulinante, je m'en vais en me tenant bien droite, ma fleur à la main.

Mais avec tout ça, j'ai perdu mon frère de vue, moi! Je fais quelques pas sur le trottoir, vers la vitrine où Victor-Étienne s'est arrêté tout à l'heure. Je regarde partout autour de moi. Personne en vue.

Enfin, oui, il y a de nombreux passants, mais aucun qui soit parent avec moi! Puis, je le vois. Mon frère. Derrière l'une des vitrines. Et pas n'importe laquelle : celle de la bijouterie. Victor-Étienne parle au bijoutier et lui tend le petit sac de velours que j'ai vu tout à l'heure. Le bijoutier dépose la chaîne sur le comptoir, semble poser des questions à mon frère. Voilà. Victor-Étienne est en train de vendre le bijou qu'il a volé. Je suis découragée. J'ai bien envie de ne plus suivre mon frère, d'aller me cacher sous ma douillette, dans ma chambre, et d'oublier toute cette histoire. Quel sera son prochain crime? Voler une voiture? S'emparer d'une toile dans un musée? Braquer une banque?

Tu trouves que j'exagère, NB? Plus rien ne peut m'étonner, maintenant que je sais que Victor-Étienne est un voleur!

Perdue dans mes pensées, je n'ai pas vu mon frère sortir de la boutique. Il est maintenant à quelques pas de moi.

– Qu'est-ce que tu fais là, toi?

Il semble mécontent. Fâché, même. Plutôt furieux. Comme c'est un criminel endurci, qui sait jusqu'où il pourra aller pour me faire taire? Pas de temps à perdre, Marie-P: si tu veux sauver ta peau, à toi de jouer!

Complètement affolée, je hurle:

Je laisse tomber mon tournesol et je m'enfuis. Je sais, ma réaction est un peu démesurée, mais je n'arrive plus à réfléchir. J'ai trop peur. Maintenant que j'ai démasqué mon frère, c'est certain qu'il voudra m'obliger à garder le silence. Derrière moi, Victor-Étienne crie :

– Reviens ici tout de suite !

Surtout, ne pas obéir. Je cours, je cours, je cours... Je jette un œil par-dessus mon épaule. Victor-Étienne, toujours immobile sur le trottoir, semble ahuri.

Mon frère ramasse mon tournesol. Il me regarde comme s'il me trouvait complètement folle. Euh... bon, je l'avoue, je ne suis pas tout à fait à mon meilleur. Une fille aux cheveux mouillés, qui court à toutes jambes en criant « Au secours »... Mais tant pis ! Mon frère est un voleur, et je dois vite prévenir mes parents. J'entends Victor-Étienne m'appeler :

Je sais, NB. Un vrai détective est courageux et n'a peur de rien. Mais je n'ai que huit ans, après tout ! Crois-tu que Sherlock Holmes n'avait peur de rien, à huit ans ?

– Marie-P! Voyons, attends-moi!

Il essaie d'utiliser un ton gentil, mais je devine la menace cachée derrière ses paroles. Je cours encore plus vite et je hurle:

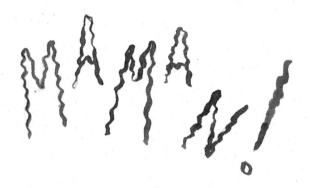

5
DES AVEUX

J'arrive à la maison en catastrophe, tout essoufflée. J'ouvre la porte. Je me précipite à la cuisine. Maman tient le téléphone coincé entre son menton et son épaule. De la main droite, elle donne à manger à Charles-B. De la gauche, elle tente d'essuyer les coulisses de purée de framboises qui dégoulinent sur les joues rondes de mon frère et sur sa chaise haute. En me voyant arriver, Charles-B me fait un grand sourire à deux dents et me tend les bras. Paniquée, je n'ose pas m'arrêter devant mon adorable petit frère. Je crie en continuant ma course :

– Oh oh! C'est qui le beau garçon? C'est le petit Charles-B à sa Marie-P! Bou-bou-bonjour le beau bébé! Guili-guili-guili!

Puis, je reprends contenance. Je me rappelle la gravité de la situation. Le grand voleur Victor-Étienne est à mes trousses. Je dois absolument annoncer

Charles-B

une terrible nouvelle à mes parents.
Je respire à fond pour me calmer. Je
reviens vers la cuisine et je lance :

– Maman, il faut que je te parle.

Ma mère me fait un sourire distrait
sans lâcher le téléphone, ni la débarbouillette qui nettoie Charles-B, ni la cuillère
qui lui donne de la purée. J'insiste :

– Tout de suite ! C'est super important.

Cette fois, maman fronce les sourcils
d'un air menaçant, sans rien dire. Je fais
une dernière tentative :

– MAMAN ! ! !

Ma mère dit dans le téléphone, d'un
ton très, très, très poli :

– Pouvez-vous m'attendre un petit
instant ? Merci, je vous reviens tout de
suite.

Elle dépose la débarbouillette devant
Charles-B, qui se jette aussitôt dessus
et la mord à pleines dents (ou plutôt,

à deux dents). Avec sa main libre, ma mère couvre le combiné téléphonique et grogne d'une voix contrariée :

– Marie-P ! Tu vois bien que je suis au téléphone. C'est pour mon travail, c'est important ! Attends ! J'en ai pour quelques minutes.

Puis elle retourne au téléphone en roucoulant :

– Voilà, je suis de retour !

De toute façon, je n'ai plus de temps à perdre. Je dois quitter la pièce à toutes jambes, car la porte de la maison vient de s'ouvrir. J'entends Victor-Étienne grommeler :

– Marie-Paillette !

Je me réfugie dans ma chambre. Je m'adosse contre la porte. Dans la cuisine, mon grand frère demande :

– Maman, as-tu vu Marie-Paillette ?

Rien.

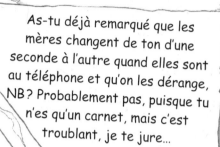

As-tu déjà remarqué que les mères changent de ton d'une seconde à l'autre quand elles sont au téléphone et qu'on les dérange, NB? Probablement pas, puisque tu n'es qu'un carnet, mais c'est troublant, je te jure...

Une deuxième fois, un peu plus fort:

– MAMAN, AS-TU VU MARIE-PAILLETTE?

Un soupir excédé lui répond. La voix enjouée de ma mère dit:

– Je suis vraiment désolée... mais pouvez-vous m'attendre un autre petit instant? Merci.

Un murmure furieux s'élève. Ça y est. Ma mère m'a dénoncée. Elle vient de dire à mon frère que je suis dans ma chambre.

Je ne sais plus quoi faire. Pour me réconforter, je fixe la photographie de mon grand-père, prise quand il était détective privé. Il ne se passe rien. D'habitude, quand je le regarde et que je suis en

pleine enquête, des étincelles se mettent
à tourbillonner autour de moi, des
étoiles apparaissent. Mais aujourd'hui,
rien. Pourquoi ? Abattue, je prends mon
chapeau de détective, je l'enfonce sur mes
cheveux dégoulinants et je murmure :

– Tu me laisses tomber, grand-papa ?

Toujours pas d'étoiles qui scintillent
autour de ma tête, mais il me semble
voir tourbillonner de petits cœurs. En
quelques secondes, tout se place. Mon
grand-père m'aide à y voir clair, j'en
suis certaine ! Mais bien sûr ! Tous les
éléments de mon enquête repassent dans

mon esprit en un clin d'œil… Les rêveries de Victor-Étienne. Son sourire. Sa danse. Le bijou… Je viens de comprendre, NB ! J'y suis ! Mon esprit s'agite ; les hamsters en folie se remettent à courir dans leur roue, les cœurs voltigent partout dans la pièce. Le sourire fier de mon grand-père semble s'élargir sur la photo. Tu as trouvé, Marie-P !

Je n'ai pas le temps de me réjouir plus longtemps, car la porte de ma chambre s'ouvre brusquement. Victor-

Étienne entre. Il n'a pas l'air si fâché, finalement. Plutôt mal à l'aise... Mon grand frère me demande :

– Qu'est-ce qui t'a pris de te sauver ? Pourquoi tu m'as suivi ?

Je déclare d'un ton calme :

– Je t'ai suivi parce que je m'inquiétais pour toi. Mais ça y est. J'ai tout compris.

> L'heure est vraiment grave... Tu te rends compte, NB ? Mon frère vient de m'adresser DEUX phrases de suite sans aucune méchanceté...

Mon frère bougonne :

– Compris quoi ?

Je réponds d'un air entendu :

– Ton petit secret...

Victor-Étienne pâlit, puis rosit, puis rougit. Il semble terriblement gêné. C'est certain, il n'arrivera jamais à en parler. À moi de jouer.

– Tu es amoureux, c'est ça ?

Mon frère reste bouche bée. Quelques secondes s'écoulent, puis une minute entière. Enfin, il dit d'un air timide que je ne lui connaissais pas :

– Oui, mais promets-moi de ne pas en parler.

– Mais pourquoi ?

– D'abord parce que mes amis vont m'agacer. En plus, si les parents l'apprennent, maman va se dépêcher d'appeler toute la famille pour annoncer la nouvelle et papa va me poser mille questions sur la fille que j'aime…

Il a raison, je l'avoue. Je réfléchis un peu, et je finis par dire :

– D'accord. Je te promets de ne pas en parler… à une condition : que tu me dévoiles tout !

Et comme si au fond il rêvait d'en parler depuis des jours, mon frère me raconte tout d'un coup, en vrac. Il me parle de Marianne, une fille de son école. Marianne, qui est si belle. Et si gentille. Et si intelligente. Et si... tout, quoi! Pour la première fois de sa vie, mon frère sort avec une fille! Elle lui a prêté son iPod pour lui faire écouter ses chansons préférées. Il est allé chez elle, tout à l'heure, dans sa grande maison blanche, et elle lui a offert un cadeau: une petite chaîne à laquelle elle tenait beaucoup, pour qu'il pense toujours à elle. Et mon frère s'est rendu à la bijouterie pour essayer de trouver un bracelet qui irait avec la chaîne, pour lui offrir à son tour un cadeau... Tu imagines Victor-Étienne faire une chose aussi gentille, NB? C'est le monde à l'envers!

> Partager un si beau secret avec mon grand frère, ça ne m'est jamais arrivé, NB! Je suis toute bouleversée! Imagine: je suis la seule à qui il s'est confié!

Pendant de longues minutes, Victor-Étienne me décrit son histoire d'amour. J'ai enlevé mon chapeau. Nous nous sommes assis sur mon lit. Je suis certaine que mon grand-père nous regarde d'un œil attendri, fier que j'aie réussi ma mission, et fier aussi de voir ses petits-enfants si proches. Émue, j'écoute mon frère et je me mets à penser qu'un jour, lui aussi a dû être un beau et gentil bébé, comme Charles-B...

Victor-Étienne !

Ses confidences terminées, mon grand frère se lève, s'apprête à quitter ma chambre. Je lui dis :

– Merci de me faire confiance, Victor-Étienne. Je ne répéterai rien à personne.

D'un seul coup, il brise toute la magie :

– T'es mieux, Marie-Paillette Paré ! Pas un mot. Sinon, je dis à tout le monde que t'es à moitié folle et que je t'ai vue souvent parler à la photo de notre grand-père mort !

> Rien à faire avec les grands frères, NB ! Ils naissent avec un don spécial pour nous embêter !

GRRR ! Je cours claquer la porte derrière lui. Non, je me suis trompée, je suis certaine que Victor-Étienne n'a jamais été un bébé aussi adorable que Charles-B !

Victor-Étienne...

Mais je ne reste pas fâchée longtemps, NB... Je m'empresse plutôt
d'ouvrir tes pages pour tout te raconter.
Grande nouvelle, cher carnet : Marie-P,
détective privée, vient de boucler sa
troisième enquête !

MOT DE L'AUTEURE

Décidément, Marie-P me fait vivre toutes sortes d'émotions! Soupçonner son propre frère d'être un voleur... Je n'ai pas de grand frère (ni de petit, d'ailleurs), et je n'ai jamais soupçonné mes deux sœurs d'aucun crime! Mais j'ai bien ri en m'imaginant coincée sous  le lit pour espionner mon aînée, Josée, ou tapie derrière un bac de recyclage pour surveiller Nadia, la benjamine! Car quand j'écris à NB, je ne suis plus tout à fait Martine... Je deviens une détective pleine d'imagination et d'enthousiasme. J'ai peur avec Marie-P, je m'étonne et je frissonne avec elle, je m'emballe tout autant! J'y pense... peut-être que je devrais aussi mettre un imper et un chapeau de détective quand j'écris? On ne sait jamais: et si mon bureau se remplissait d'étincelles grâce au grand-père de Marie-P? Oh, après tout, pas besoin... Quand je plonge dans l'univers de Marie-Paillette, il y a déjà bien assez de magie dans l'air!

MOT DE L'ILLUSTRATEUR

Si, quand j'étais plus jeune, ma première blonde m'avait prêté son baladeur (car les iPods n'existaient pas à l'époque), je me serais retrouvé avec l'équivalent d'une machine à laver dans ma poche, tellement c'était gros. On ne pouvait mettre que des cassettes avec une quinzaine de chansons dessus. Un peu plus tard, on a eu des lecteurs CD portatifs. Pas tellement plus petits, mais avec un peu plus de chansons. Maintenant, on a des iPods, minuscules, avec des milliers de chansons dessus!

©Annie Pronovost

Quand j'étais jeune, les amoureux avaient le temps de choisir la chanson qu'ils préféraient (une des 15 qu'il y avait sur la machine à laver). Aujourd'hui, bien souvent, ils n'ont même plus le temps de toutes les écouter avant d'être déjà séparés…

LES AVENTURES DE MARIE-P

Auteure: Martine Latulippe
Illustrateur: Fabrice Boulanger

Tu as trouvé les cinq lettres cachées?
Va vite vérifier sur mon site

www.mariepdetective.ca

si tu as trouvé la bonne réponse!